Leserabe

3. Lesestufe

Ursel Scheffler

Ätze das Gruselmonster

Mit Bildern von Erhard Dietl

Ravensburger Buchverlag

Bibliografische Information Der Deutschen Bibliothek:

Die Deutsche Bibliothek verzeichnet diese Publikation
in der Deutschen Nationalbibliografie.
Detaillierte bibliografische Daten sind im Internet
über **http://dnb.ddb.de** abrufbar.

Die Schreibweise entspricht den Regeln der neuen Rechtschreibung.

3 2 1 05 06 07

Ravensburger Leserabe

Umschlagbild: Erhard Dietl
Umschlagkonzeption: Sabine Reddig
Printed in Germany
ISBN-3-473-36072-4

www.ravensburger.de
www.leserabe.de

Inhalt

Ein Monster darf alles 5

Auf dem Fischmarkt 14

Monster küssen nicht 22

Die Geisterbahn 28

Ätzes Rummel-Bummel 36

Ein Monster braucht Stinkfüße 49

Jakob und der Tintentod 57

Zampano auf Geisterjagd 69

Ätze geht ins Netz 79

Ätze und Igitte 85

Leserätsel 89

Ein Monster darf alles

Boohoo! Endlich wieder festen Boden unter den Füßen! Vom Leben auf einem Piratenschiff hatte Ätze fürs Erste die Schnüffelnase voll. Er schwankte auf seinen drei Beinen über die wackeligen Laufplanken an Land.
Oben an Bord der Kumbakumba stand Piratz, die alte Seeratte, und schwenkte den Piratenhut, den ihr Ätze zum Abschied geschenkt hatte.

Im Gewühl am Kai entdeckte Ätze eine elegant gekleidete Gestalt, die mit einem seidenen Tüchlein ebenfalls heftig winkte. Es war die Spinne Igitte, seine heiß gehasste Freundin.
Ätze freute sich unheimlich, dass sie gekommen war, um ihn abzuholen. Aber er hätte sich lieber dreimal in jeden Schuh gebissen, als das zuzugeben. Wenn sich ein Monster unheimlich freut, dann eben nur heimlich!
Deshalb tat Ätze, als sähe er Igitte nicht. Er steuerte, wie die meisten anderen Seeleute, geradewegs auf eine der Hafenkneipen zu.
Er wählte „Das total tolle Tattoo“, weil es dort tierisch gemütlich sein sollte. Die Kneipe gehörte Joe Oktopus, einem alten Seebären. Sie war für hausgemachte schmackhafte Tintenfischsuppe bekannt.

„He! Hallo! Ätze!“, rief Igitte und rannte hinter ihm her. „Siehst du mich nicht?“
„Kleine Leute übersieht man oft“, knurrte Ätze.
„Freut mich, dich heil und gesund wiederzusehen“, rief Igitte fröhlich.
„Schade, dass ich das nicht von mir behaupten kann“, sagte Ätze und stapfte geradewegs in die Kneipe, ohne sich auch nur einmal nach Igitte umzudrehen.
Igitte folgte ihm verärgert.

In dem Lokal war wohl seit einer Weile nicht sauber gemacht worden. Auf dem Boden lagen Fischgräten, Eierschalen und andere Essensreste herum.
„Stinkgemütlich ist es hier“, sagte Ätze und sah sich zufrieden um. „Auf dem kotzgammeligen Schiff war es am Schluss viel zu sauber und ordentlich. Eine Qual für ein Monster wie mich!“
Igitte, die ihm gefolgt war, ging auf diese Bemerkung nicht weiter ein, denn im Gegensatz zu Ätze liebte sie Ordnung und Sauberkeit.
Jetzt kam der Ober. Er hatte ein ziemlich zerrissenes Hemd an. So konnte man seine Tätowierungen sehen: Drachen, Tiger und gefährliche Seeschlangen.
Igitte betrachtete sie mit Interesse.
„Ätze, hast du das gesehen? Er hat Tinte am ganzen Körper!“, flüsterte sie.

„Ober, bitte noch einen Klaren", rief jemand am Nebentisch.
„Für mich ein Glas Roten!", meldete sich ein Seemann aus Spanien.
„Für mich ein Glas Helles", sagte ein durstiger Kutterfischer.
„Und für mich ein Glas Blaues. Aber dalli dalli, ich verdurste, du lahmarschige Kriechschnecke!", rief Ätze dem Ober ungeduldig nach.

„Oh, Ätze!“, rief Igitte entsetzt, „wenn du dich nur nicht immer so unfein ausdrücken würdest!“

„Dieser Stinkstiefel von Ober hat mich glatt übersehen!“, beschwerte sich Ätze.

„Kleine Leute übersieht man oft. Hast du ja selbst gesagt!“, kicherte Igitte. „Weißt du was: Wir gehen in die Küche und bedienen uns selbst, wie üblich. Komm mit!“

Murrend folgte Ätze.

In der Küche gab es frische Tintenfische in allen Größen. Ätze wusste gar nicht, wo er zuerst zubeißen sollte.

Igitte genehmigte sich zunächst eine gegrillte Küchenschabe, die auf dem Herd herumlag. Dann fragte sie: „Übrigens: Wie findest du meinen neuen roten Hut?“

„So bescheuert wie den Deckel einer

Ketschup-Flasche“, sagte Ätze. „Und du bist die Flasche.“

„Sei nicht immer so unhöflich!“, fiepte Igitte gekränkt. „Schließlich hab ich dich lange nicht gesehen und einen weiten Weg zurückgelegt, um dich zu treffen.“
Sie hopste auf die Fensterbank und knabberte lustlos an einem Fliegenbein. Dabei warf sie Ätze einen vorwurfsvollen Blick zu und murmelte: „Immer noch der alte Kotzbrocken!“
„Kotzbrocken! Das gefällt mir! In diesem Ton lass ich mit mir reden, du achthaxige Pupsschnake!“

„Du abscheulicher, vierhöckeriger Gnubbel-Olm!“, konterte Igitte. Sie war jetzt wirklich gekränkt.
„Stör mich nicht, du alte Schreckschraube! Siehst du nicht, dass ich tinte? Und wenn ich tinte, tinte ich!“
„Jetzt spinnst du wirklich“, sagte Igitte.
Ätze grinste frech. „Irrtum, eine Spinne spinnt! Ein Tintenmonster tintet!“
„Ph! Tinten, das Wort gibt es überhaupt nicht“, sagte Igitte.
„Ein Monster kann sich alle Wörter selber machen, die es haben möchte. Ein Monster darf alles. Ich kann dich zum Beispiel eine oberaffengeigige, entenschrille, federfizzlige Hut-Schwudel nennen.“
„Und was bitte ist eine oberaffengeigige, entenschrille, federfizzlige Hut-Schwudel?“

„Etwas ganz Fürchterliches“, sagte Ätze. „Schau doch in den Spiegel!“

Jetzt reichte es Igitte endgültig. „Du altes Ekel! Du – du – du Pfuimonster, du!“

Sie sprang auf. Tränen schossen ihr in die Augen. Sie drückte ihr fein gesponnenes Seidentaschentuch vor die Augen und schluchzte: „Ich halte das wirklich nicht länger aus! Ich gehe! Mich siehst du so schnell nicht wieder!“ Dann floh sie durch das offene Küchenfenster.

Auf dem Fischmarkt

Nachdem Ätze genug blaue Tinte geschlabbert hatte, war er in bester Schockerstimmung. Satt und blau verließ er die Hafenkneipe „Das total tolle Tattoo“. Ein paar Sekunden überlegte er, was er jetzt tun sollte. Igitte nachlaufen? Nie im Leben. Er schnüffelte. Mhm! Da drüben roch es stinkgammelig nach Fisch! Hey! Das musste der Fischmarkt sein, von dem ihm Piratz, die Seeratte, vorgeschwärmt hatte. Den musste er sich unbedingt ansehen!
Ätze schwang seine drei Beinchen und hopste los. Je näher er kam, desto besser stank es. Oh, da gab es Kutterschollen, Miesmuscheln, Zackenbarsch und Seezunge.
„Du kannst froh sein, dass ich so satt

bin", sagte Ätze zu einem kleinen Tintenfisch, der trotzdem noch fünfmal so groß war wie er selber. „Sonst hätte ich dich nämlich auf der Stelle vernascht." Aber der Tintenfisch war matt und müde von seiner anstrengenden Reise auf dem Fischkutter und erschrak kein bisschen. An einer Ecke drängelten sich die Leute um einen Mann, der Bananen zu Schleuderpreisen verkaufte. Alle lachten, weil er so lustige Sprüche dazu machte. „Na warte, dir wird das Lachen schon vergehen!", knurrte Ätze. Er sprang hoch und setzte sich mitten auf die Bananen, die der Mann gerade anpries.

„Fünf Euro fünfundfünfzig!“, rief der Mann und klopfte auf die Bananen. „Was sage ich: Fünf Euro fünf für alles und noch eine Ananas dazu! Wer will alles zusammen für füüüüü---iiihhh!“, quietschte der Mann erschrocken, als er Ätze entdeckte.
Er warf die Bananen in hohem Bogen von sich und brüllte: „Ein Monster! Ein Ungeheuer! Eine tintenblaue Tarantel! Sie kam aus der Bananenkiste!“ Der Mann hüpfte herum, als sei er wirklich von der Tarantel gestochen.
Die Leute liefen schreiend auseinander.

„Wer oder was bist du denn wirklich?“, fragte plötzlich eine vergnügte Stimme neben Ätze. „Du bist doch keine Tarantel. Höchstens ein harmloses kleines Monster.“

Die Stimme gehörte einem Mädchen, das sich jetzt über Ätze beugte und ihn aus der Pfütze fischte, in die ihn der Bananenhändler geschleudert hatte.
„Von wegen harmlos“, antwortete Ätze gekränkt. „Ich bin Ätze, das Tintenmonster, das größte, hässlichste, schrecklichste Monster auf der ganzen Welt! Und wer bist du?“
„Ich bin Wanda, und ich bin das größte, hässlichste, schrecklichste Mädchen auf der ganzen Welt“, sagte das Mädchen und lachte. „Da passen wir gut zusammen!“
„Das größte, hässlichste, schrecklichste Mädchen auf der ganzen Welt?“, staunte Ätze. „Du? Das kann nicht sein!“
„Das haben sie jedenfalls gesagt, als ich aus der Wohngemeinschaft rausgeflogen bin“, sagte Wanda.

„Du stinkst wie ein Eimer Fische und hast verfilzte Haare, in denen ich als Laus gern wohnen würde. Was ist gegen dich einzuwenden?"

„Das frage ich mich auch", seufzte Wanda.

„Was suchst du hier auf dem Fischmarkt?"

„Gruselzeug", sagte Wanda.

„Gruselzeug?", fragte Ätze, und seine grünen Glupschaugen leuchteten gierig.

„Wofür brauchst du das?"

„Ich arbeite im Augenblick auf dem Rummelplatz in einer Geisterbahn und bin der Gruselsachenbesorger. Hier auf dem Fischmarkt macht man ab und zu einen guten Fang."

„Mhm. Gruselzeug. Was denn zum Beispiel?", sagte Ätze.

„Schrumpfköpfe, Haifischzähne, ausgestopfte Fledermäuse, Masken, Fratzen. Geritztes und Geschnitztes, Magisches und Tragisches. So allerhand Zeug, das Seeleute von ihren weiten Reisen mitbringen und loswerden wollen."

„Brauchst du vielleicht auch ein Gruselmonster?", erkundigte sich Ätze und richtete sich zu seiner vollen, schrecklichen Größe auf.

„Warum nicht?", sagte Wanda und lachte. „Ich habe ja schließlich eben miterlebt,

welchen Schrecken du dem Bananenhändler eingejagt hast. Vielleicht würde es dir ja Spaß machen, für eine Weile in einer Geisterbahn zu arbeiten?"
„Gruselmonster in einer Geisterbahn? Oberaffenschrill! Klingt nach Traumjob. Wann kann ich anfangen?" Ätzes Augen leuchteten vor Begeisterung phosphorgrün.
„Sofort. Komm mit", sagte Wanda.

Monster küssen nicht

Auf dem Rummelplatz drehten sich die Karussells und Riesenräder. Wanda hatte Ätze auf ihren Einkaufskorb gesetzt und schob sich jetzt mit ihm durch das Gewühl.

„Kommen Sie! Sehen Sie! Staunen Sie!“, rief der Ausrufer, der vor der Geisterbahn stand, in sein Mikrofon. „Geister aus aller Herren Länder sind hier versammelt. Grusel, dass Ihnen die Haare zu Berge stehen! Das müssen Sie erleben! Das müssen Sie gesehen haben!“

Ein großer Drache mit grünen Leuchtaugen war an die Wand links neben dem Eingang gemalt. Seine grünen Birnchenaugen flackerten mit den roten Augen des Teufels auf der rechten Seite um die Wette.

„Das ist mein Chef! Er heißt Zampano“, sagte Wanda und deutete auf den

Ausrufer, der sich mit einer seidenen Weste und einem roten Halstuch herausgeputzt hatte. Sein Haar war in der Mitte gescheitelt und glänzte vor Haargel.
„Der Lackaffe?“, erkundigte sich Ätze.
„Genau“, sagte Wanda.
„Sieht aus wie ein Kerl, der sich gewaschen hat“, sagte Ätze.
„Ein Ätztyp“, murmelte Wanda.
„Ätztyp? Klingt für mich eher sympathisch“, bemerkte Ätze.
„Hereinspaziert! Kommen Sie! Sehen Sie! Staunen Sie ...“
Wanda benutzte die Redepause, die der Mann jetzt einlegte, um ihre Einkäufe abzuliefern.
„Na ja, ganz ordentlich!“, brummte Zampano. „Der Totenkopf aus Plastik eignet sich gut für die Vampirecke.
Für das Gerippe ist noch Platz neben

Dracula. Der Rest ist gut als Dekoration für die Monsterszene. Gut gemacht!“
Zampano tätschelte Wanda die Wange.
„Ich hasse ihn“, knurrte Ätze, der auf Wandas Schulter hockte. „Er stinkt nach Seife. Und Seife ist pfui!“
„Und ich hasse es, wenn er mich anfasst“, sagte Wanda zu Ätze, als sie allein waren. „Neulich hat er sogar versucht, mich zu küssen.“
„Küssen? Was ist das?“, fragte Ätze.

„Das, was die beiden da drüben vor der Losbude machen“, sagte Wanda.
„Du meinst die zwei, die ihre feuchten Schnauzen aufeinander pressen?“, sagte Ätze.
„Genau“, sagte Wanda.
„Igittigitt“, sagte Ätze und schüttelte sich.
„Wenn man sich lieb hat, ist es schön. Was machen denn Monster, wenn sie sich lieben?“
Ätze überlegte einen Augenblick und sagte dann: „Kneifen, zwicken, stoßen, schubsen, ärgern, schimpfen, schlimme Wörter sagen. Tausend Sachen! Aber so was Blödes wie Schnauzen aufeinander pressen machen wir nicht.“
Wanda lachte. „Hast du denn überhaupt eine Freundin?“
„Eine heiß gehasste“, sagte Ätze. „Sie heißt Igitte.“

„Und was machst du, wenn du sie triffst?"
„Kneifen, zwicken, stoßen, schubsen, ärgern, schimpfen, schlimme Wörter sagen. Tausend Sachen!", sagte Ätze.
„Aber warum interessiert dich das?"
„Ach, nur so", sagte Wanda und lachte.

Die Geisterbahn

Die Geisterbahn war wirklich das reinste Monsterparadies! Staub und Dreck gab es in allen Ecken genug. Und es standen und hingen überall so viel Scheußlichkeiten herum, dass sich ein Gruselmonster rundum wohl fühlen musste.
Ätze machte obendrein die Bekanntschaft von Asseln, Mäusen, Motten, Ratten und Kakerlaken, die ebenfalls in der Geisterbahn arbeiteten, obwohl sie gar nicht eingestellt worden waren. Er stritt und schimpfte mit ihnen und ab und zu spielten sie zusammen eine Runde Poker oder Monster-ärgere-dich-nicht.
Der Job in der Geisterbahn gefiel Ätze von Tag zu Tag besser. Er hatte mit Wanda vereinbart, dass alles ein

Geheimauftrag war und dass der dicke Zampano nichts von seiner Anwesenheit erfahren durfte.
„Er ist im Grunde seines Herzens ein Riesenfeigling und könnte zu sehr vor dir erschrecken“, sagte Wanda.
Ätze war geschmeichelt und versprach, seinen Spuk nicht zu übertreiben.

Zampano fuhr nie mit seiner Geisterbahn, weil er sich viel zu sehr im Dunkeln gruselte. Er stand meist am Mikrofon und riss die großen Sprüche. Für die Arbeit drinnen hatte er seine Angestellten, wie Wanda oder den jungen Antonio, einen Techniker aus Italien. Und natürlich alle Monster und Gespenster aus Plastik und Pappe. Er ahnte nicht, dass jetzt durch Wandas Vermittlung sogar ein echtes Monster in der Geisterbahn war.

Ätze arbeitete dort, wo er gebraucht wurde. Mal saß er in der Vampirecke, mal seilte er sich bei den Hexen oder Drachen ab, fauchte und zischte, stank oder fürzelte. Er versteckte sich zwischen den ausgestopften Fledermäusen oder kletterte auf das Gerippe, das jetzt kurz

vor dem Ausgang neben Frankensteins Monster baumelte. Es erinnerte ihn an das Gerippe, das einmal sein Lieblingsklettergerüst gewesen war. Damals, als er einige Jahre als Tintenmonster in einer Schule herumgegeistert war.

Am liebsten fuhr Ätze als „Geisterfahrer“ mit wehendem Umhang auf dem Dach der Wagen mit und ließ sich unterwegs auf Haare und Gesichter der Leute herunterfallen. Wenn sie besonders laut kreischten, fand er es am schönsten. Wenn unerschrocken dreinblickende Familienväter in den Wagen saßen, setzte er sich auf ihre Schultern und heulte, jaulte und kicherte ihnen die Ohren voll. Die Kinder, die den Umgang mit Monstern eher gewohnt waren, hatten manchmal richtig Mühe, ihre kreidebleichen Väter hinterher wieder aufzumuntern.
Hey! War das ein Monsterleben! Und was das Allerbeste war: Er war das einzige wirklich echte Monster in der ganzen Geisterbahn und hatte keine Konkurrenz. Es war nur schade, dass Wanda ihn nicht öfter bewunderte. Sie hatte offenbar mehr

Interesse an Antonio. Mit dem steckte sie jedenfalls den ganzen Tag zusammen. Morgens, wenn die Geisterbahn noch geschlossen war, verbesserten und reparierten Wanda und Antonio die Innenausstattung. Die wurde immer gruseliger.
Antonio baute allerlei elektronische Überraschungen ein und Wanda hatte immer wieder Ideen für schaurige Kostüme.

Sie war es auch, die Donald McSpider ausfindig machte, den letzten Fabrikanten echter Gruselspinnweben, den es noch gab. Die hingen jetzt überall von der Decke und strichen den kreischenden Geisterbahnbesuchern über die Gesichter.

Auch Ätze gab sein Bestes. Man konnte seine Aktivitäten zwar nicht sehen, aber spüren. Es war sicher sein Verdienst, dass sich überall echte Monsterstimmung breit machte.
Die Leute waren begeistert. Sie spürten einfach, dass in dieser Geisterbahn ein richtiges Monster spukte. „Ihr müsst in

Zampanos Geisterbahn gehen! Die ist toll!“, riefen sich die Gruselfans zu. Zampano rieb sich zufrieden die Hände. Sein Geschäft lief wie geschmiert, seit er die jungen Leute eingestellt hatte. Natürlich ahnte er nicht, dass an dem gelungenen Spuk ein waschechtes Monster beteiligt war.

Ätzes Rummel-Bummel

„Was machen die Menschen eigentlich auf dem Rummelplatz?", erkundigte sich Ätze eines Morgens bei Wanda.
„Nun, sie fahren mit der Achterbahn, gehen zur Schießbude oder ins Bierzelt. Sie essen Bratwürste oder Zuckerwatte. Sie bummeln eben über den Rummel."
„Ich möchte auch mal über den Bummel rummeln", sagte Ätze.
„Heute Nachmittag kriegst du eine Stunde frei. Da kannst du dir den ganzen Rummel mal selbst ansehen", sagte Wanda.

Am Nachmittag zog Ätze los.
„Pass auf dich auf", rief ihm Wanda nach.
„Quatsch nicht! Was soll einem Monster schon passieren", kicherte Ätze und hopste vergnügt davon.

„Rummelbummeln, bummelrummeln“, summte er vergnügt vor sich hin und stürzte sich in das bunte Gewühl.

Der Ausflug sollte allerdings gefährlicher werden, als Ätze gedacht hatte. Zwar war alles so herrlich staubig und dreckig, dass es eine wahre Monsterlust war herumzuhüpfen. Und es gab so viel zu sehen, zu schnüffeln und zu entdecken! Aber die vielen großen und kleinen Schuhe und Stiefel, die rechts und links neben ihm durch den Dreck trampelten, waren verflixt gefährlich.

Ätze sprang zur Seite, duckte sich, ging in Deckung und floh vor diesen Trampelschritten.
Er beschloss, seine Entdeckungsreise auf höherer Ebene fortzusetzen und kletterte auf einen Laternenpfahl.
Weshalb standen die Menschen da drüben alle vor dieser Bretterbude?

Ätze hopste zu der Schießbude auf der gegenüberliegenden Seite, kletterte hoch und schnüffelte neugierig an den bunten Papierblumen und Pappfiguren, die in weißen Röhrchen als Preise aufgesteckt waren.
Plötzlich sah er, wie jemand mit einem Gewehr auf ihn zielte.
„Hilfe!“, rief Ätze, schloss die Augen und streckte alle dreie von sich. Ein Schuss löste sich. Peng!

SCHIES

Es ist aus!, dachte Ätze und plumpste ohnmächtig vor Schreck neben einer Papierrose in den Staub.
Als Ätze wieder zu sich kam, blinzelte er und dachte: Bin ich jetzt tot? Er suchte erschrocken nach seinen Beinchen.
Oh, da zappelten sie ja! Allerdings war sein Körper so voller Staub, dass er sich selbst nicht mehr sehen konnte. Ätze schüttelte sich. Mannomann!
Über ihm knallte es: Peng! Peng! Peng!
Diese Krachbude war ja lebensgefährlich!
Da wollte er nicht länger rumrummeln.
Zum Glück fand Ätze ein Loch in der Rückwand der Bude und konnte sich schnellstens davonmachen.

In der Ferne entdeckte Ätze ein Bierzelt mit einem großen Löwen drauf. Aus dem Innern erklang fröhliche Musik. Das sah

viel einladender aus als die Krachbude! Ätze lauschte. Die Kapelle spielte gerade den Flohwalzer, der so herrlich in den Beinen juckte. Es war Ätzes Lieblingsstück. Der Landstreicher Willi, bei dem er eine Weile Rucksackmonster gewesen war, hatte es oft gespielt. Bei dieser Musik konnte man bestimmt gut rumrummeln! Das klang tausendmal besser als peng, peng!
Begeistert hopste Ätze ins Bierzelt. Er

tanzte im Takt der Musik unter Tischen und Bänken vergnügt hin und her. Aber nicht sehr lange, denn nach einem besonders lustigen Sprung landete er auf einem Pappteller mitten in einem riesigen Senfklecks.
„Flitzekacke!“, fluchte Ätze und versuchte, die klebrige Masse am Hosenbein eines Bierzeltbesuchers abzuwischen.
Als er seine Beinchen wieder bewegen konnte, machte die Kapelle eine Pause. Die Musiker gingen hinaus.
Ich will doch mal sehen, wo diese rattenstarken Töne herkommen!, dachte Ätze und kletterte zu den Instrumenten hinauf. Boohoo! Das waren ja richtige Monsterdinger. Die blitzten und blinkten, dass man sich drin spiegeln konnte. Ätze machte Fratzen. Fast erschrak er vor seinem eigenen Spiegelbild. Dann

musste er lachen. Er kletterte am blanken Hals einer Posaune entlang und sah neugierig hinein. Drin war es schummrig und düster. Ein richtiges Monsternest. Da kamen also die Töne heraus! Ob da ein Krachmachermonster drinsaß?
„Hallo!“, rief Ätze hinein.
„Hallo“, kam ein zartes Echo zurück. So leise, dass man es nur mit Monsterohren hören konnte. Ätze lehnte sich neugierig über den Rand, verlor den Halt und ruschte – schwups – wie auf einer goldenen Rutschbahn in den Posaunentrichter hinunter. Feucht und dunkel war es am anderen Ende.

Leider war kein Krachmachermonster anzutreffen. Und was noch schlimmer war: Ätze war gefangen. Er kam nicht wieder heraus! Die Wand der goldenen Höhle war so steil und glatt, dass er nicht hinaufklettern konnte. Was sollte er bloß machen?
„Hilfe! Hilfe!“, rief Ätze. „Holt mich raus! Ich ersticke!“ Aber keiner hörte ihn. Auch die Musiker nicht, die jetzt aus der Pause zurückkamen.
Der Posaunist nahm sein Instrument als Erster in die Hand, setzte es an die Lippen und wollte blasen. Nanu? War das Ding verstopft? Er blies mit voller Kraft. Da flog in hohem Bogen so etwas wie ein dunkler Korken heraus. Und dann posaunte seine Posaune wieder normal.
„Igitt! Eine Spinne!“, rief ein Gast entsetzt, als Ätze in seinem Bierkrug

landete. Er schüttete das Bier auf den Boden, und ehe Ätze noch richtig begriff, was passiert war, schwamm er in einem Biersee. Das Bier versickerte im Boden. Ätze strampelte um sein Leben. Dann spürte er endlich wieder Land unter den Beinchen.

„Hier ist das Vieh! Nein, dort!“, riefen die Leute und suchten unter dem Tisch.

So schnell er konnte, flüchtete Ätze aus dem Bierzelt. Draußen an der frischen Luft erholte er sich erst mal. Das war ja noch mal gut gegangen. Anscheinend ist heute nicht mein Glückstag, dachte Ätze. Er schüttelte sich wie ein nasser Hund. Dann hob er seine Schnüffelnase.
Es roch nach Zimt und Zucker.
Und warum drängelten sich die Kinder dort am Stand mit den Luftballons?
Diesmal war es ein Nachteil, dass er klein war, denn jetzt musste er erst an der Fahnenstange nach oben klettern, um zu sehen, was unten passierte.
Dabei blieb er an der Zuckerwatte hängen, die ein Kind herumschwenkte und verlor ein Fellbüschel, als er versuchte, sich von dem klebrigen Zeug zu befreien.
Keiner bemerkte seine Not. Sie hörten

alle dem Luftballonverkäufer zu, der seine Späße machte.
Am Stand daneben verkaufte eine rundliche Frau Liebesäpfel, gebrannte Mandeln und türkischen Honig.
Neugierig näherte sich Ätze den Leckereien.
„Keinen Schritt weiter!“, summte plötzlich eine energische Hummel, die über dem Block mit dem türkischen Honig kreiste.
„Das ist mein Revier!“

„Das wollen wir doch mal sehen, du dumme, pummelige Brumm-Hummel!“, krächzte Ätze und wagte zwei oder drei Schritte auf das feindliche Gebiet. Aber schon bereute er seine Kühnheit. Denn das Zeug war schrecklich klebrig. Die Hummel kam drohend näher. Ätze entschloss sich zur Flucht. Aber um welchen Preis! Sein Schuh blieb kleben. Ausgerechnet sein Lieblingsschuh. Er war nicht mehr abzubekommen.
„Heute ist wirklich nicht mein Tag!“, schimpfte Ätze, als er sich auf den Rückweg zur Geisterbahn machte. „Mir reicht es jetzt mit dem Rummel-Bummel und erst recht mit den dummen Rummel-Hummeln!“

Ein Monster braucht Stinkfüße

„Na, wie war's?", erkundigte sich Wanda, als Ätze zurückkam.
„Beschissen", schimpfte Ätze und erzählte wütend vom Senfklecks, vom Biersee und der unverschämten Hummel. „Außerdem ist mein dritter Schuh weg. Mein allerbester, mein allerschönster Schuh. Was mach ich bloß?"
„Es wird schwer sein, so winzige Schuhe zu bekommen", überlegte Wanda. „Du lebst auf ziemlich kleinem Fuß."
„Wir könnten nebenan im Puppentheater fragen", sagte Antonio.

Im Puppentheater hatten sie kein Glück. Selbst Aschenputtels zierlicher Pantoffel war zu groß für Ätze.
Wanda ging mit Ätze zum Flohzirkus.

Der Flohzirkusdirektor hieß Max Püss und bekam ganz gierige Augen, als er Ätze erblickte. Er wollte ihn vom Fleck weg für eine Solonummer engagieren.
„Leider hat er einen Vertrag mit der Geisterbahn“, sagte Wanda rasch. „Und wir geben ihn nicht her. Alles, was wir brauchen, ist ein passender Schuh.“
„Na, ich werde mal sehen, was ich tun kann“, sagte der Zirkusdirektor und wühlte in der Kiste mit den winzigen

Requisiten für seine Flöhe. Aber die Schuhe waren für Ätze alle zu klein.

„Willst du wirklich nicht für mich arbeiten? Ich trete demnächst mit meinen Stars im Fernsehen auf“, begann Püss wieder.

„Flohzirkus im Fernsehen? Das juckt mich irgendwie nicht“, brummte Ätze. „Ich bin lieber Gruselmonster in der Geisterbahn.“

„Sehr bedauerlich“, sagte Max Püss mit einem sauren Lächeln.

„Wenn sie in ihrer Stargarderobe nicht mal einen passenden Schuh für ihn finden ...“, sagte Wanda.

„Moment mal“, überlegte Püss. „Vielleicht hab ich doch einen. Er stammt von einem Floh, der auf ziemlich großem Fuß lebte.“
Der Schuh, den Max Püss schließlich anbrachte, hatte eine große Schnalle mit einer Krone drauf.
„Mann! Der ist ja echt vornehm“, sagte Wanda beeindruckt.
„Der hat einmal einem königlich bayrischen Hoffloh namens Betthupferl gehört“, behauptete der Zirkusdirektor. Er kassierte drei Euro für den Schuh und sagte: „Falls du bei mir im Flohzirkus auftrittst, bekommst du den Kaufpreis wieder zurück.“
Aber Ätze zeigte kein Interesse.
„Dann tschüss, Herr Püss“, sagte Wanda.
Ätze war froh, dass er den neuen Schuh hatte. Auch wenn er ein bisschen drückte.
Doch leider bekam er nach ein paar

Tagen eine schmerzhafte Blase an der Ferse.
Es war ein schöner heißer Sommertag, und so beschloss Ätze, barfuß zu laufen. Unglücklicherweise ließ er sich vom Duft von Nürnberger Bratwürsten anlocken und kletterte auf einen Holzkohlengrill. Verflixt, war das heiß! Ätze führte einen Indianertanz auf, weil seine Füße so brannten. Jetzt hatte er auch noch Blasen an den Fußsohlen!

„Wenn man barfuß läuft, muss man aufpassen, wohin man tritt!“, schimpfte Wanda, als sie ihm die Füßchen verband. „Das weiß doch jedes Kind!“
Ätze lag in der Fledermausecke und schmollte. Wanda hatte eine leere Schachtel mit schmutziger Polierwolle gepolstert und Ätze hineingelegt. Das war ein schönes Monsternest.
„In zwei Tagen ist alles vorbei!“, versprach Wanda, als sie ihm am Abend kalte Umschläge machte.
„Nicht zu viel Wasser!“, jammerte Ätze. „Und du sollst die Umschläge nicht so umschlagen! Meine Füße könnten davon sauber werden. Und ein Monster braucht Stinkfüße.“
„In Ordnung“, versprach Wanda, als sie die Umschläge wechselte. „Nächstes Mal nehme ich dreckiges Wasser.“

„Und außerdem brauche ich Tintää, Tintäää!"
„Woher soll ich Tinte bekommen?", fragte Wanda. „Alles, was ich hatte, hab ich dir schon gegeben!"
„Geht auch ein Kugelschreiber?", schlug Antonio vor.
„Bäh! Diese pfuiteuflichen Duftstinker sind noch mal mein Tod. Ich brauche Tintää, echte Tintäää! Gluckertintäää! Die braucht ein Tintenmonster so nötig wie ein Vampir Blut. Sonst ist es aus."
„Wär schade um dich", sagte Antonio.
„Na gut. Ich werde Tinte für dich finden!", versprach Wanda.

Jakob und der Tintentod

Der Billige Jakob hatte seinen Stand schräg gegenüber. Er verkaufte allerhand Fleckenwasser. Früher war er auf allen Jahrmärkten bekannt durch seinen „Tintentod“. Das war eine Tinktur, die Tintenflecke wie durch Zauberei verschwinden ließ.
„Ob Tinte blau, ob Tinte rot, alles frisst der Tintentod!“, lautete sein Werbespruch.

Diesen Vers hatte Wanda als Kind immer gehört. Und sie erinnerte sich jetzt daran. Vor allem daran, dass der Billige Jakob immer echte Tinte auf Oberhemden oder weiße Tücher getropft hatte. Die Leute erschraken. Danach zeigte er, wie leicht man die Flecken mit seinem Zaubermittel wieder herausbekam.

Gleich am nächsten Morgen lief Wanda zum Billigen Jakob hinüber.
„Tinte willst du? Ich geb dir eine ganze Flasche davon“, sagte Jakob. „Es kauft sowieso niemand mehr meinen Tintentod. Wer verkleckert heute noch Tinte?“
„Was bekommst du für die Tinte?“, fragte Wanda.
„Wenn ich dafür ein paarmal umsonst in der Geisterbahn fahren darf? Es soll so schön gruselig sein“, sagte Jakob.

„Es wird dir gefallen!“, sagte Wanda. „Vor allem jetzt, wo wir ein echtes Monster haben.“
„Ein echtes Monster? Na, da bin ich gespannt. Ich war seit meiner Kinderzeit nicht mehr in einer Geisterbahn.“
Wanda gab ihm die Hand und lachte: „Komm, sooft du willst!“
Da war der Handel perfekt.

Ätze trank gierig die halbe Flasche leer. Er gluckste, rülpste, spuckte und sagte dann zu Wanda: „Gute Qualität! Jetzt geht es mir schon viel besser!“

„Du bist ja ganz blau!“, rief Wanda erschrocken.
„Bin ich immer, wenn ich mich kotzeklig wohl fühle!“ Ätze räkelte sich in seinem Monsternest. „Sag Jakob, dass seine Tinte gut schmeckt und dass ich ihm Kunden schicken werde!“
„Wie willst du das anstellen?“, wunderte sich Wanda.
„Ganz einfach!“ Ätze grinste vergnügt. „Du musst nur allen Leuten, die mit Tintenflecken aus der Geisterbahn kommen, verraten, wo es Tintentod zu kaufen gibt.“
„Du bist ein Miststück!“, sagte Wanda. „Aber der Trick könnte funktionieren.“

Ätze konnte es kaum erwarten, bis er wieder unbeschwert auf seinen drei Füßchen herumhopsen konnte.

Während Ätzes Krankenurlaub hatte Antonio ein paar Fledermausflügelchen mit Minimotor gebastelt.
„Schnall sie um! Sie müssten passen!“, sagte Antonio.
Bei den ersten Flugversuchen fiel Ätze auf die Nase. Aber dann klappte es wirklich, und Ätze flatterte durch die Geisterbahn wie eine Motte.
Das passte gut zu seinen Plänen. Denn jetzt machte er sich einen Spaß daraus, Leuten, die besonders fein angezogen

waren, auf Hemden, Blusen oder weiße Westen zu spucken.
Wenn sie aus der Geisterbahn herauskamen, machte Wanda sie ganz nebenbei auf die Tintenflecke aufmerksam und schickte sie zu Jakob.
Der konnte es gar nicht fassen, dass sein Geschäft auf einmal so gut lief.

Aber Ätze konnte wieder einmal nicht genug bekommen.
Einmal spuckte er einem grün gekleideten Gurkenfabrikanten mitten auf die Glatze.
Der rannte wütend zu Zampano und rief:
„In Ihrer Geisterbahn spuckt es!“
„Natürlich spukt es. Das ist in einer Geisterbahn normal“, sagte Zampano und grinste.
„Ich meine, dass mich jemand bespuckt hat!“, rief der Grüne außer sich.

„Das ist unmöglich. Ich hab doch keine Tinte spuckenden Geister“, sagte Zampano mit einem Blick auf die blauen Flecken.
Fluchend wischte sich der Mann die Tinte aus dem Gesicht.
„Vielleicht ist Ihr Füller ausgelaufen“, sagte Zampano unsicher.
„Ich habe keinen Füller!“, rief der Mann.
„Ich will mein Eintrittsgeld zurück!“
Zähneknirschend zahlte Zampano das Eintrittsgeld zurück.
Wanda knöpfte sich Ätze vor und sagte:
„Ich glaube, es ist besser, wenn du ein paar Tage Pause machst mit der Spuckerei!“
Ätze versprach es.

Es ging eine Weile gut, bis Zampano eines Morgens Tintenflecken auf der weißen Unterwäsche entdeckte, die auf der Wäscheleine vor dem Wohnwagen hing.

Er rief seine Angestellten. „Wanda! Antonio! Seht euch das an! Wer war das?“

„Vielleicht ein Vogel?“, vermutete Wanda. „Eine von den weißen Tauben des Zauberers von nebenan?“

„Seit wann verspritzen weiße Tauben blaue Tinte, hä?“, spottete Zampano.

„Aber blaue Raben vielleicht?“, sagte Antonio und zeigte auf die Raben, die auf

der Stromleitung zwischen den Wohnwagen saßen.
„Quatsch!“, schimpfte Zampano. „Vielleicht hat der aufgeblasene grüne Kerl neulich doch Recht gehabt, und es hat in unserer Geisterbahn wirklich jemand gespuckt!“
Wanda und Antonio sahen sich an und zuckten etwas ratlos mit den Schultern.
„Haltet die Augen offen. Meldet jede Unregelmäßigkeit. Verstanden?“
Antonio nickte und Wanda sagte: „Übrigens, die Flecken gehen mit Tintentod wieder heraus. Den gibt es drüben bei Jakob!“

„Anscheinend ist einer Ihrer Geister nicht ganz dicht“, vermutete der alte Jakob, als Zampano bei ihm zwei große Flaschen Tintentod kaufte. „Es kommen in letzter

Zeit erstaunlich viele Leute mit Tintenflecken zu mir."
„Tja, irgendetwas stimmt nicht. Das vermute ich auch. Aber wie finde ich das heraus?", sagte Zampano.
„Fragen sie Gunilla Vanilla, die Wahrsagerin. Die kann hellsehen, sogar im Dunkeln!", riet der Billige Jakob. „Und sie kann Geister beschwören."
Zampano zögerte noch. Er war schließlich ein moderner Geschäftsmann. Sollte er zugeben, dass er abergläubisch war?

Eines Morgens, als sich Zampano die Bartstoppeln abrasieren wollte, zwickte Ätze der Übermut zwischen den Fledermausflügeln. Er flatterte in den Rasierschaum und veranstaltete ein Schneegestöber. Zampano warf den

Rasierpinsel nach ihm und schrie: „Hab ich dich endlich! Du Spuckteufel, du Monster!“

Aber er hatte Ätze noch lange nicht! Ehe Zampano es recht begriffen hatte, war Ätze entwischt.

„Dich krieg ich!“, fauchte Zampano, als er Ätze nachsah, der kichernd in Richtung Geisterbahn davonschwirrte.

Zampano auf Geisterjagd

Zampano beschloss, den Rat Jakobs zu befolgen und die Wahrsagerin zu fragen. Die kannte sich mit echtem Geisterspuk sicher besser aus als er! Außerdem hatte er auf die hübsche Gunilla Vanilla schon länger ein Auge geworfen. So war die Geisterjagd ein willkommener Anlass, sie zu einem Tässchen Tee in seinen Wohnwagen einzuladen.
„Sie brauchen meinen Rat?“, fragte Gunilla Vanilla, als sie am nächsten Tag bei Hibiskustee und Vanillehörnchen in Zampanos Wohnwagen saß.
„So ist es“, sagte Zampano ernst. Er erzählte von dem Tintenspuk.
Gunilla lächelte. „Sie glauben also, es gibt ein echtes Tintenmonster in Ihrer Geisterbahn?“

„Das glaub ich nicht nur: Ich habe es mit eigenen Augen gesehen!!! Es ist ein dreibeiniges Fledermausmonster! Etwa so groß!“ Dabei deutete er mit den Händen ungefähr die Größe eines Bernhardiners an. Er übertrieb maßlos, um Gunilla zu beeindrucken. Nie hätte er zugegeben, dass er sich vor einer Winzigkeit wie Ätze fürchtete.

„Das ist doch fabelhaft. Dieses Monster ist eine Seltenheit! Sie sollten es nicht verjagen, sondern pflegen und erhalten. Dann boomt Ihr Laden!“ Sie schenkte sich noch ein Tässchen Hibiskustee in die Porzellantasse.

„Wenn die Leute aber verlangen, dass ich jedes Mal für die Reinigung der Kleider aufkomme, ist das mein Ruin!“, entgegnete Zampano.

„Das ist allerdings ein kleines Problem“,

gab Gunilla Vanilla zu und legte nachdenklich ihre Karten auf den Tisch.
„Stimmt es, dass Sie die Zukunft aus den Karten lesen können?“
„So ist es“, sagte Gunilla Vanilla.
In diesem Augenblick ließ sich Ätze an einem dünnen Faden von der Decke herunter und spuckte auf den Herzkönig.

„Das war es. Das Monster, das Vieh! Haben Sie es gesehen?“

„Nun ja, sehr groß ist es nicht“, sagte Gunilla Vanilla überrascht und versuchte, mit einer Papierserviette die Tintenspritzer wegzutupfen.

„Aber äußerst unverschämt“, rief Zampano. Wütend griff er nach einem Besen und rannte hinter Ätze her.

Am Eingang der Geisterbahn blieb er stehen.

„Hier bin ich!“, kicherte Ätze spöttisch aus der Dunkelheit der Geisterbahn.

„Wanda! Antonio!“, rief Zampano.

Aber niemand kam. Kein Wunder. Er hatte den beiden am Vormittag freigegeben, damit er bei seinem Treffen mit Gunilla Vanilla ungestört war. Ein wenig ratlos sah Zampano zu Gunilla Vanilla, die ihm gefolgt war.

„Was ist? Haben Sie Angst vor Ihrer eigenen Geisterbahn?“, erkundigte sie sich amüsiert.
Zampano suchte nach dem Lichtschalter. Aber das machte die Sache noch schlimmer, weil er mit dem Strom auch das Heulen und Zähneklappern der Geister einschaltete. Zampano wollte sich vor Gunilla Vanilla nicht blamieren und stürmte jetzt mit dem Besen in seine Geisterwelt. Oh, wie ihn gruselte! Wie er sich fürchtete! Er schloss die Augen und schlug wild drauflos.

Ätze machte sich einen Spaß daraus, hier zu heulen, dort zu jammern, zu verschwinden und schließlich wieder aus Draculas Faltenmantel oder aus der Fledermausecke aufzutauchen.
Zampano rastete aus! Er wirbelte den Besen über dem Kopf wie einen Tomahawk und raste hinter Ätze her. Bei der kopflosen Jagd zerfetzte er mit dem Besen schließlich die ganze Dekoration.
Ätze aber saß zufrieden auf seinem Lieblingsklettergerüst, dem Gerippe, und kicherte. So machte das Monsterleben Spaß!

„Ätze, da steckst doch sicher wieder du dahinter!“, sagte Wanda, als sie gegen Mittag mit Antonio zurückkam und die Bescherung entdeckte.
„Tut mir Leid für euch und für eure schöne Dekoration“, sagte Ätze. „Aber der Kerl ist zu schrecklich. Ich musste ihn einfach ärgern.“
Er erzählte, was passiert war.
„Diesmal hast du übertrieben“, sagte Wanda. „Ich fürchte, deine Zeit als Gruselmonster ist vorbei. Du musst dir einen anderen Job suchen.“
„Bitte, bitte nicht“, jammerte Ätze. „Ich möchte so gerne Gruselmonster bleiben. Das ist der Beruf, der mir bisher am meisten Spaß gemacht hat.“
„Kann ich mir vorstellen“, seufzte Wanda und ging hinaus, um sich mit Antonio zu beraten.

„Wir müssen die Geisterbahn für zwei oder drei Tage schließen und alles wieder neu herrichten!“, sagte Antonio zu Zampano, nachdem er den Schaden besichtigt hatte. „Die ganze Technik funktioniert nicht mehr. Unsere Geister sind sensibel.“
„Ich auch!“, fauchte Zampano. Er war wild entschlossen, dieses Monster zu fangen!
Wanda richtete die Geistergewänder wieder her, so gut sie konnte.
Antonio kümmerte sich um die Technik. Die beiden waren trotz der vielen Arbeit guter Laune, denn sie hatten beschlossen, in einigen Wochen zu heiraten.
„Hätt ich mir ja denken können“, knurrte Ätze, als er davon erfuhr. Wanda hatte sich verändert. Sie zog sich hübscher an

und wusch sich die Haare. Nur um Antonio zu gefallen. Sie roch nach Seife. Genau wie Kalle damals. Bei dem er Hosentaschenmonster gewesen war. Der hörte auch auf zu stinken, als er sich verliebte. Menschen sind schon komische Wesen, dachte Ätze.

Antonio hatte eine Stelle als Beleuchter an einem Theater in Aussicht, und Wanda hatte sich dort als Kostümschneiderin beworben.

Ätze war sehr unglücklich, als sie ihm davon erzählten. „Und was soll dann aus mir werden?“, fragte er.
„Mit deiner Karriere als Gruselmonster ist es ohnehin vorbei“, meinte Wanda und ratterte mit der Nähmaschine über den zerfetzten Umhang von Dracula.
„Kann ich nicht mitkommen?“, bat Ätze.
„Nein, ich fürchte, in der nächsten Zeit müssen wir sehen, wie wir unsere eigenen Probleme lösen. Das ist ohne ein Monster schon kompliziert genug“, sagte Wanda.

Ätze geht ins Netz

„Die Spinnweben in der Dekoration sind leider nicht zu reparieren. Die müssen wir neu bestellen!“, sagte Wanda am nächsten Tag zu Zampano.
„Was sein muss, muss sein!“, seufzte Zampano und rief schweren Herzens Donald McSpider, den Spinnweben-lieferanten, an.

„Ich glaube, ich habe eine Lösung für Ihr Problem!“, sagte Gunilla Vanilla, als sie Zampano gegen Mittag besuchte. „Mein Freund Max Püss vom Flohzirkus will sich um Ihr Monster kümmern. Er will es dressieren und in seine Fernsehnummer einbauen. Darf er es fangen?“
„Er könnte mir keinen größeren Gefallen tun!“, versicherte Zampano.

So kam es, dass Max Püss mit einem Schmetterlingsnetz und einer Taschenlampe anrückte und in der Geisterbahn auf Monsterjagd ging.
„Vorsichtig! Damit Sie mir nicht die neuen Kulissen zerstören!“, rief Zampano.
„Keine Angst. Ich hab da so meine Tricks!“, grinste Püss.
Ätze hatte seinen Spaß daran, den Flohzirkusdirektor kreuz und quer durch die Geisterbahn zu scheuchen. Keiner kannte alle Ecken und Winkel so gut wie er!

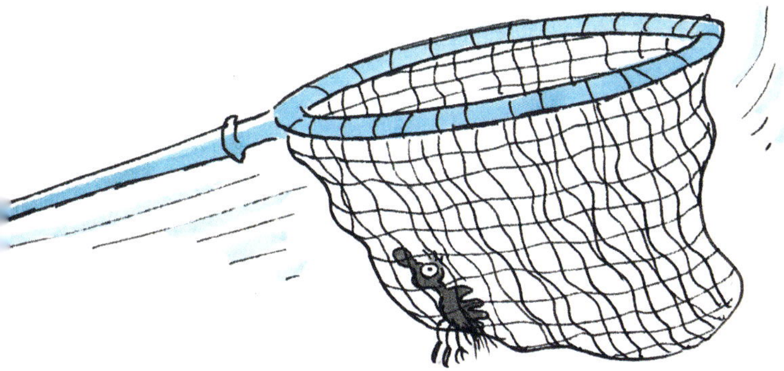

Aber Max Püss war gerissen. Er legte heimlich Streifen mit Fliegenleim aus. Ätze blieb an einer dieser heimtückischen Leimruten hängen. Ehe er seine Schuhe abstreifen konnte, zappelte er im Schmetterlingsnetz des Herrn Püss.
„So, da hab ich dich, Bürschchen!", sagte Püss zufrieden. „Du wirst ein Prachtexemplar in meinem Zirkus! Ich weiß schon, wie man mit Kerlchen wie dir fertig wird, hähähä!" Es war ein hässliches Lachen.

Ätze biss ihn wütend in den Finger, aber Püss sperrte das gefährliche Monster rasch in eine Blechschachtel, auf der „Fisherman's Friends" stand, und zog mit ihm ab.
So wäre Ätzes freies Monsterleben sicher für eine Weile zu Ende gewesen, wenn am nächsten Tag nicht Donald McSpiders Lieferwagen mit den Spinnweben gekommen wäre. Er hatte einen blinden Passagier an Bord: die Spinne Igitte!
„Arbeitet hier nicht ein Gruselmonster namens Ätze?", erkundigte sie sich mit leiser Stimme bei Wanda, die im Kassenhäuschen der Geisterbahn saß. „Ich habe eine Postkarte von ihm bekommen."
„Ätze hat bei uns gelebt. Bis gestern", sagte Wanda betrübt. „Bist du am Ende seine Freundin Igitte?"

„Genau“, sagte Igitte. „Ich hatte so eine dunkle Ahnung, dass er mich braucht. So ein leichtes Ziehen im siebten Knie, wenn du weißt, was ich meine.“
„Die Ahnung war richtig. Er ist einem Flohzirkusdirektor auf den Leim gegangen. Der will ihn abrichten.“
„Ätze abrichten?“, kicherte Igitte. „Das schafft kein Zirkusdirektor der Welt. Das schaffe nicht mal ich. Aber ich werde ihn befreien. Es ist nicht das erste Mal, dass ich ihm aus der Patsche helfe. Hilfst du mir dabei?“

„Klar", sagte Wanda. „Ich hab mir sowieso schon den Kopf zerbrochen, wie man den armen Kerl da wieder herausholen kann."

Ätze und Igitte

Max Püss saß in seinem Wohnwagen und versuchte Ätze, der unter einer gläsernen Käseglocke saß, Kunststückchen beizubringen.
Ätze dachte natürlich nicht daran zu gehorchen. Er streckte seine lange Schlangenzunge heraus, so weit er konnte, und überschüttete Herrn Püss immer wieder mit den schrecklichsten Schimpfwörtern.
„Na, was macht das Monstertraining?“, erkundigte sich Wanda freundlich.
„Diesen frechen Monsterfloh werd ich schon noch abrichten“, lachte Püss.
Dann verwickelte Wanda ihn in ein Gespräch über Flöhe.
Igitte nützte ihre Chance. Sie holte eines ihrer hauchdünnen Spinnwebennetze aus

ihrem Handtäschchen und warf es wie ein Lasso über die Brille des Flohzirkusdirektors.
„Was ist los? Ich kann nichts mehr sehen!“ Max Püss fasste erschrocken an seine Brille, die plötzlich Spinnwebengardinen hatte. Dabei ließ er einen winzigen Augenblick die Käseglocke aus den Augen. Zeit genug für Wanda, den Deckel so weit hochzulüpfen, dass Ätze entwischen konnte.

„War ja auch allerhöchste Zeit, dass du mich da rausgeholt hast!“, schimpfte Ätze,

als er kurze Zeit später mit Igitte über die Rummelplatzwiese hopste.
„Du solltest dich bei Wanda bedanken", sagte Igitte.
„Bedanken? Bäääh. Ein Monster bedankt sich nicht", sagte Ätze.
„Immer noch der alte Kotzbrocken", seufzte Igitte. „Ich weiß auch nicht, was ich an dir finde."
„Wo hast du denn so lange gesteckt?"
„Auf einem Schloss! Es gehört dem Spinnwebenfabrikanten. Er ist auch sonst ein Spinner und Erfinder. Dafür, dass wir für ihn die feine Ware spinnen, dürfen wir bei ihm wohnen. Hast du Lust mitzukommen?"
Fluchend humpelte Ätze hinter Igitte her.
„Nun ja, wenn das Schloss wirklich alt und vergammelt ist?"
„Ein Monstertraum", versprach Igitte.

„Na gut, ich komm mit“, brummte Ätze. Und dann sagte er noch: „Irgendwie hast du mir direkt gefehlt!“
„Wirklich?“, sagte Igitte und war gerührt.
„Na ja“, knurrte Ätze, „eine Weile werd ich es wohl mit dir aushalten.“
Er konnte sie ja immer noch kneifen, zwicken, stoßen, schubsen, ärgern, schimpfen, schlimme Wörter sagen und tausend Monsterspäße machen, damit das Leben auf dem Schloss nicht langweilig wurde.
Ob es ein Spukschloss war?

Leserätsel

mit dem Leseraben

Super, du hast das ganze Buch geschafft! Hast du die Geschichte ganz genau gelesen? Der Leserabe hat sich ein paar spannende Rätsel für echte Lese-Detektive ausgedacht. Mal sehen, ob du die Fragen beantworten kannst. Wenn nicht, lies einfach noch mal auf den Seiten nach. Wenn du die richtigen Antwortbuchstaben in die Kästchen auf Seite 90 eingesetzt hast, bekommst du das Lösungswort.

Fragen zur Geschichte

1. Was macht Wanda auf dem Fischmarkt? (Seite 19)

R: Sie ist auf der Suche nach Gruselzeug.
S: Sie will einen Tintenfisch kaufen.

2. Was hasst Wanda an ihrem Chef Zampano? (Seite 25)

O: Sie hasst, dass er nach Seife stinkt.
U: Sie hasst es, wenn er sie anfasst oder versucht sie zu küssen.

3. Was geschieht mit Ätzes Lieblingsschuh? (Seite 47/48)

M: Der Schuh bleibt am türkischen Honig kleben.

L : Ätze verliert den Schuh, weil er an der Zuckerwatte hängen bleibt.

4. Warum hat der Billige Jakob Tinte auf weiße Tücher getropft? (Seite 58)

K : Er wollte die Leute erschrecken.

M: Weil er zeigen wollte, wie gut sein Zaubermittel wirkt.

5. Was ist der wahre Grund dafür, dass sich Zampano mit der Wahrsagerin treffen will? (Seite 69)

E : Er hat ein Auge auf sie geworfen.

U : Er hat ein Hühnchen mit ihr zu rupfen.

6. Weshalb zieht sich Wanda plötzlich hübscher an? (Seite 76/77)

L : Weil sie in Antonio verliebt ist.

N : Weil sie sich als Kostümschneiderin beworben hat.

Lösungswort:

1	2	3	4	5	6

Rabenpost

Super, alles richtig gemacht! Jetzt wird es Zeit für die RABENPOST.
Schicke dem LESERABEN einfach eine Karte mit dem richtigen Lösungswort. Oder schreib eine E-Mail.
Wir verlosen jeden Monat 10 Buchpakete unter den Einsendern!

An den LESERABEN
RABENPOST
Postfach 20 07
88 190 Ravensburg
Deutschland

leserabe@ravensburger.de
Besuche mich doch auf meiner Webseite:
www.leserabe.de